Si me tocas

AVA DAWN

SERIE MI ÍDOLO III

Índice

Playlist

Escucha las canciones de la Serie Mi ídolo escaneando este código con tu Spotify o TOCANDO AQUÍ

1

AMY

La cantidad de notificaciones en rojo me hace pensar que mi pobre móvil va a colapsar en cualquier momento. Me lo imagino aplastado bajo la pata de un elefante, recargado de datos entrantes hasta fundirse, o explotando como va a explotar mi cabeza desde que Damon O'Connor se fue y me quedé sola, desorientada.

Y desempleada. Porque no me animo ni a preguntar y mucho menos a aparecer, pero me juego la cabeza, y las bragas de bananas, a que mi jefe ya no es más mi jefe.

El problema es que para enterarme de algo tengo que aventurarme en la jungla en la que se ha convertido mi móvil: una maraña de notificaciones, llamadas perdidas y mensajes no leídos que no sé ni por dónde empezar a mirar.

—No creas nada de lo que leas y, sobre todo, no te lo tomes personal —me dijo Damon antes de irse. Fue cuando le comenté que ahora al menos tendría tiempo de encender el teléfono y dedicarme a borrar gente—. Y no gastes energía en eliminar o bloquear: por cada uno que sacas, llegan cien más.

Pensé que exageraba. Que de repente le había dado un brote de culpa paternalista por haber traído a mi vida tanto caos en menos de doce horas. Le puse los ojos en blanco y tironeé de su camisa para que me besara y dejara de hablar. Dios, esos abdominales que me abandonaban. Me acababa de decir que volvería por la noche, pero... ¿y si ya nunca más lo volvía a ver?

—Si me tocas otra vez, tendré que conducir empalmado y eso es muy cruel —rio tomándome de las muñecas y yo suspiré contra su pecho. Cuando me liberó, lo rodeé con los brazos y me puse en puntas de pie, haciendo piquito para recibir un último beso. Quería volver a desvestirlo y comérmelo entre dos panes pero, si seguíamos así, llegaría a la radio cuatro días más tarde.

—¿Escucharás la entrevista? —preguntó con una mano en cada una de mis nalgas y era obvio que le iba a decir que sí con cara de borrega. Yo era de las que escuchaban todo y después se descargaban los audios o vídeos para reproducirlos varias veces más. No iba a cambiar ahora, cuando mi etiqueta de «fanática» se había convertido en una flamante «ardida devota».

Y al final, tengo que reconocer que Damon no exageraba ni se equivocaba al advertirme aquello de no tomarme nada personal.

«Zorra, no eres nadie, puta», es lo primero que leo al desbloquear el teléfono y un aire helado me recorre la columna de arriba abajo. Con los dedos adormecidos por el impacto y el temor ante toda esa gente deseándome cosas, toco en «borrar todo» bajo las ochocientas mil notificaciones, y tomo aire al ver mi fondo de pantalla otra vez. Por supuesto, una imagen de Damon O'Connor. Hermoso, con camisa blanca como anoche cuando lo vi por primera vez a solas, y peinado así nomás, como si ni siquiera lo hubiera intentado.

Ahora parece surrealista tenerlo ahí, después de tantos años imaginando que era la foto de mi novio. Porque foto de mi novio nunca puse, y cuando acude la idea a mi mente, sacudo la cabeza y deslizo hacia la derecha dos nuevas notificaciones, que acaban de entrar, para eliminarlas junto con los pensamientos. Hostia. No sé cómo mierda se hace para bloquearlas. A las notificaciones y a las ideas inoportunas.

Quizás ha llegado el momento de aprender. Pero primero lo primero: voy al WhatsApp en el que me esperan una docena de chats en rojo y surfeo entre «Familia Williams» —nada grave, ni se enteran—, grupos varios y «Los esclavos de Thompson», el chat que tenemos con mis compañeros de trabajo y que ahora explota con un 80 en rojo. Pero no estoy preparada aún, ni nunca, para abrir esa caja de Pandora.

Lo único que quiero es entrar a «Las Spice». El nombre se lo puso Matt, por supuesto. Él es Gery, Liz es Victoria y yo Baby Spice, porque ni siquiera había nacido cuando ellas cantaban *Wannabe*.

Leo en diagonal la sarta de mensajes que han dejado desde anoche y no me detengo a leer la conversación que han mantenido después de allanar mi casa, aunque veo muchos «jajajaja» y varios *stickers* obscenos de los de Matt. Los «jajajaja» son de Liz. Raro, pero los *stickers* lo ameritan y hasta me hacen sentir abochornada.

—Ya se fue —escribo, y media hora más tarde han regresado. Esta vez llaman a la puerta, claro.

Y, por supuesto, quieren saberlo todo con lujo de detalles. Para bochorno bastaba una muestra. Tomo aire y narro lo que puedo como me sale. Matt pregunta cosas que me hacen espantar, porque ni siquiera sabía que sería capaz de preguntarlas, y Liz sigue riendo como en el chat, lo que me espanta aún más. La conozco. Su risa floja y nerviosa presagia tormentas. Siempre.

Entonces llega la hora de contar lo de la historia compartida en Instagram y mi amiga se empieza a mosquear. Ambos han desinstalado las redes de sus móviles porque están haciendo no sé qué detox de la virtualidad, y por eso no se han enterado de nada. Cuando les cuento que anoche ya tenía más de cuatrocientos seguidores nuevos, Matt es el que ríe mientras hace palmas y Liz extiende la mano y mueve los dedos hacia ella, para que le entregue el teléfono. Lo peor es que en su cara ya se ven las nubes negras.

—¿Cuatrocientos seguidores? —exclama mirando la pantalla y después me mira a mí. Parece Medusa. Con lentes de profe de Historia—. ¿Cuatrocientos?

—¿Sí…? —balbuceo con frío.

—Doce mil, Amy. ¡Doce mil!

—¡¿Quííí?! —chillamos con Matt y nos largamos a reír por coincidir.

Y yo un poco porque temo hacerme en las bragas de bananas, la verdad.

—¿Y no te dio indicaciones? ¿No te dijo qué hacer?

—¿Ah? No…

—Yo no puedo creer que venga tan suelto a meter todo este circo en tu vida para…

—El circo y otras cosas mayores ha metido —tercia Matt y nos volvemos a reír como los idiotas que somos. A Liz la rosácea se le enciende y oprime los labios para contener un bufido que igual se escapa.

—Joder, niñatos. Esto es grave. ¿No lo veis? ¿Qué se supone que hay que hacer ahora, eh? ¿Eliminarlos a todos?

Alzo el índice para apelar y mi amiga me fulmina con la mirada.

—¿Qué?

—Que me dijo que por cada uno que borre aparecen cien.

Ella pestañea, yo me encojo y Matt, por algún motivo, se parte de risa a mi lado. Supongo que también teme cagarse encima, pero de ver mi cara, porque acabo de pensar que mejor no le cuento a Liz lo del condón, o me lincha. A Matt se lo contaré. En privado. Y bajo secreto de confesión.

—Y ahora toda esta gente ha visto quién eres, tus fotos, tus cosas, el nombre de los perros de tu abuelo, tus amigos, y te parece gracioso —dice Liz con su voz de «me contengo para no surtirte» que le sale igualita a la de mi madre. Yo tiemblo. Por condicionamiento simple.

—No, gracioso no me parece. Ni siquiera lo pensé.

—Es obvio que no lo has pensado.

—Bueno, a ver —interviene Matt secándose las lágrimas y yo tengo que oprimir los labios para no contagiarme de su risa—. Convengamos que no era momento de pensar en nada, y es lo que le venimos diciendo desde que dejó a Paul: que no piense y disfrute, ¿o no?

Liz vuelve a pestañear, contrariada, y Matt insiste:

—¿O no? Se lo has dicho tú misma ayer en el almuerzo.

—¡Sí! ¡Pero no pensaba que iría a acostarse con Damon O'Connor!

Abro la boca como *El grito* de Munch, fingiendo indignación, pero es que sigo tratando de no reírme de nervios, y de no hacerme en las bragas de bananas como cada vez que pienso que me he acostado con Damon O'Connor y sigo viva. El hecho de no verlo a mi lado me hace sentir que todo ha sido una brutal alucinación.

—¿Qué tiene de malo? ¿Quién mejor que él?

—Adhiero —acota Matt alzando el brazo.

Yo río. Un día se va a convertir en un emoji. Se parece demasiado a todos y es por lo que más me entra la risa, por lo que me levanto y me pierdo en la cocina, buscando serenarme y algo que tomar. Y comer. Me acabo de dar cuenta de que no he comido desde la merienda de ayer.

El almuerzo calma un poco el ambiente. Aparte, Liz está muy concentrada configurando el móvil para bloquear las notificaciones y eliminando los mensajes desagradables que las seguidoras de Damon me han dejado por DM o en algunas publicaciones recientes.

—Ni siquiera te los voy a leer para no darles entidad, pero estas idiotas necesitan una buena follada que les dé felicidad.

—Que lo diga Amy —bromea Matt y volvemos a reír. Liz resopla.

—No entiendo cómo alguien puede perder un segundo de su vida en escribirle cosas desagradables a otra persona que ni siquiera conoce.

—Ni yo —suspiro antes de darle un buen mordisco a mi *bruschetta* con aguacate, de las que me enseñó a preparar Damon O'Connor en algún IGTV de cuando le empezó a dar por cocinar todo sano.

—¿Amy? —La voz de Liz tiene un tinte que por muy poquito no me hace ahogar. Trago con fuerza, raspándome el esófago con la tostada que no he llegado a masticar, y alzo la vista. Mi amiga me mira por encima del marco de sus lentes—. ¿Qué significa «te lo has montado enhorabuena que alguien debía cantarle a Thompson las cuarenta así que saludos a O'Connor y a las bragas rosas»? —lee monótona, pero con monotonía de asesina serial—. Mensaje de «Rick Trabajo» —agrega apoyando los antebrazos en la mesa.

Me mata.

—Ah, eso… Sí. Les tengo que contar algo más.

Matt imita a Liz y apoya sus codos en la mesa para mirarme mejor.

Me muero.

—Estaba en un Zoom —digo y cierro la boca. No sé ni por dónde empezar.

Matt apoya la cabeza en la mano, mega interesado, y Liz se quita los lentes para limpiarlos. O para estrangularme sin riesgo a dañarlos.

—Un Zoom… —repite y yo tiemblo. Hasta ahora no era consciente de lo mucho que me impone mi mejor amiga. Quizás porque nunca me he portado como hasta ahora.

—Sí. Y Damon escuchó que Thompson me insultó...

—¿Te insultó? ¿Cómo que te insultó? —Salta Matt de la silla.

—Siempre me dice cosas. Que soy una lenta, que me apure, que baje de la luna… o que mueva el culo gordo que tengo. Que es lo que escuchó hoy Damon…

—¡¿Qué?! —exclaman los dos, azorados, y yo me encojo un poco más, sintiéndome una idiota por no haber reaccionado hasta ahora.

Vamos, que no es agradable ver que lo que una naturaliza para el otro es una aberración. Y Damon me lo dejó tan claro que solo por eso, y por primera vez en la vida, soy capaz de pronunciar que mi jefe me insulta. Aunque no use insultos. Lo ha hecho siempre. Para qué mentir.

—Damon le dijo que no me volviera a maltratar y lo amenazó con hacerlo papilla.

—¡No!

—Sí. Y puede que me haya sentido tan bien porque alguien me defendía, que lo abracé como un mono y salí en el Zoom mostrando el culo y las bragas fucsia.

—¿Las de bananas? —exclama Matt señalándome y, cuando asiento, palmea y ríe—. Joder, Amy. Hoy eres la puta ama. Debes saberlo. La puta ama, cariño.

—Sí, la puta ama desempleada —murmuro con una sonrisita nerviosa.

Liz me mira con los ojos tan abiertos como le permiten las cuencas oculares y se lleva la mano lentamente a la boca, para cubrir la O que está haciendo. Supuse que me cantaría las cuarenta ella a mí por perder el trabajo y la decencia en menos de doce horas —y eso que no sabe que he follado sin condón; ay, madre—, pero sacude la cabeza como si quisiera salir de un *shock* y apoya la mano sobre la mía.

—¿Y por qué no nos contaste que ese cretino te maltrataba?

Me encojo de hombros y retiro la mano. Que no me haga llorar ahora, que es lo único que me falta.

—¿Yo qué sé? No lo sentí tan así hasta que vi cómo se puso Damon. Como si el viejo me hubiera golpeado delante de él o algo así.

—Y claro, ¿cómo se va a poner? —inquiere Matt con cara de terror.

—Creo que me está cayendo bien ese Damon. Hizo bien en defenderte de ese viejo cabrón —admite Liz con una sonrisa y yo suspiro de alivio.

Matt acerca la silla para rodearme con el brazo y apapacharme un poco mientras yo disimulo las lagrimillas y Liz vuelve al móvil, hasta que alza la vista y nos mira con la rosácea prendida fuego.

—Mierda, Amy.

—¿Qué?

—Que creo que tu culo en bragas es *trending topic*— murmura mostrándonos la pantalla y, cuando leo #damybananas y veo debajo las publicaciones con mi culo en primer plano, creo que ahora sí me voy a hacer encima.

Y espero morir en el acto.

2

DAMON

—Espero que sepas lo que estás haciendo —dice Liam cuando salgo de la entrevista, y es curioso que no me esté gritando y queriendo asesinar.

Me giro hacia mi mánager mientras me pongo las gafas de sol y nos acercamos al coche. A decir verdad, no tengo ni la más pálida idea de lo que estoy haciendo, y quizás necesite un par de gritos para ubicarme.

—¿Y en qué momento viene la parte en la que me persigues por todo Londres para hacerme entrar en razones? —bromeo, o más bien es un pedido de auxilio solapado.

Liam me regala una sonrisa cínica y se apoya en la parte superior de la puerta del coche una vez que entro en él. Será que ya está grande y cansado, pero diez años atrás lo que acaba de pasar nos hubiera metido en una discusión en la que, seguramente, yo hubiera perdido. Y eso es lo que esperaba ahora.

—Habla bien de ti que hayas defendido a una mujer. Buena jugada.

—No fue planeado —mascullo. A ver si ahora salen con que ha sido todo un plan de *marketing*.

—De todas maneras, Max estará encantado con esta nueva imagen y la publicidad que traiga. Y, en todo caso, deberás arreglarte con la parte que te toca ahora que «estás casado». Si lo sostienes, tendrás productor para diez discos más.

Resoplo y sacudo la cabeza, aturdido. En vez de ubicarme, Liam me desubica más de lo que estoy. ¿Sostener una falsa noticia, una especulación? ¿Cómo? Creo que el covid no lo dejó muy bien. O le sentó genial y realmente ahora pasa de todo.

—Imagino que al menos será mayor de edad —desliza y yo pego un bote en mi lugar.

—Por supuesto que es mayor de edad —gruño, aunque no tengo ni idea. Más de veinte ha de tener, calculo. Si la vengo viendo desde hace años en primera fila o en las firmas de discos. Joder. Ni siquiera se me ha cruzado la idea por la cabeza.

Me estiro para cerrar la portezuela y desaparecer cuanto antes, pero Liam pone su brazo a modo de valla ante mí.

—Confírmalo. Lo último que necesitas es que se diga cualquier cosa que te deje mal parado.

Mi reacción es reírme como chico rebelde, como he hecho siempre, porque la verdad es que me importa muy poco lo que digan de mí pero, por alguna razón que no llego a procesar, lo último que quiero ahora es que digan estupideces sobre Amy Williams.

Y mucho más habiendo sido yo mismo quien la metió en todo este caos que ni siquiera soy capaz de poner en palabras.

Todo comenzó con una pequeña sonrisa deslumbrante y se ha ido convirtiendo en una enorme bola de nieve en menos de veinticuatro horas. Aunque tengo la sensación de que han sido veinticuatro días. O meses. Estoy como hechizado.

Liam me da una palmada en el hombro, me mira como se mira a un caso perdido y se marcha, dejándome cerrar la puerta y respirar la libertad.

—¿A dónde? —pregunta Big Tom, y aunque tengo el impulso de ir a refugiarme en aquel pequeño piso de nuevo, le digo que a casa. Necesito cambiarme y ocuparme de un par de cosas. Y, sobre todo, pensar. Porque pareciera que no pienso desde anoche.

«Aunque tan mal no se siente», me digo mirando el tráfico por la ventanilla. Trato de entender en qué momento se fue todo a la mierda, en qué momento se activó la locura, y cómo, en mayor o menor medida, he perdido la chaveta.

No entiendo la reacción de Liam. Tampoco la mía, porque es como si los roles se hubieran invertido o, peor, el mundo se hubiera terminado de dar vuelta. Supongo que son cosas que pasan después de una pandemia y más de un año de encierro. Quizás tanto ejercicio, soledad y tofu han dañado mi capacidad de razonar. O me he iluminado. Quién sabe. Lo único claro es que, hoy en día, nadie puede asegurar nada. Es el mundo del revés.

Me pongo los cascos y, por primera vez en años, me dispongo a escuchar una entrevista que me acaban de hacer.

También es la primera vez que salgo en vivo por YouTube. Y suponía que sería lo mismo que salir en vivo por la TV, pero el mundo ha cambiado. Demasiado.

En un estudio de televisión, por más que fuera en vivo, solo había un entrevistador con un guion —que a lo sumo violaba si era muy cabrón—, y un millón de televidentes en sus casas, desayunando, cenando o haciendo *zapping*. Nada más.

En YouTube resulta que no solo hay un entrevistador que puede ponerse en modo cabrón, sino que también puede haber un millón de espectadores comentando e interactuando con lo que ven. Y así es como, en este nuevo metaverso, Jack *El Entrevistador* ha comentado que veríamos preguntas del público y todo ha ido de mal en peor.

Según cómo se lo mire.

Recién ahora puedo ver el chat y las preguntas e imágenes que el operador retransmitía en directo, porque en ese momento yo solo veía a Jack. Y es un alivio saber que todos mis estudios de artes escénicas me han servido, al menos, para poner la cara de *poker* más *poker* de la historia, sonreír y actuar como si me enterase de todo y el resto del mundo se lo hubiera perdido. Madre mía. Realmente se lo han creído todo porque hoy merezco un Oscar. Y destronar a #brangelina con #damybananas.

Damy Bananas. Mentiría si dijera que no me hace gracia el nuevo apodo. Solo espero que Amy no me mate, porque eso debería haberlo hecho Liam, no la mujer con la que quiero ir a dormir esta noche.

—¿Y qué nos dices de ese intercambio extraño de *stories* que ha ocurrido anoche con… Amy Williams? ¿Realmente

Damon O'Connor ha sido pillado por una desconocida y nadie se ha enterado? —pregunta Jack y yo me veo poner expresión misteriosa y sonreír como Frank Sinatra.

Aunque por dentro casi me infarto.

Joder. Ahí debería haberlo negado todo. En ese momento debería haber dicho algo que dejara bien en claro que era todo una mera travesura, un lapsus de macho demasiado motivado por haber tenido el mejor polvo del año con la chica más deslumbrantemente normal del público. Mi primera insurrección en pleno regreso a la libertad.

Pero no lo negué. Como un completo idiota contesté «Dímelo tú, Jack, tío». Son cosas que siempre hice, ser ambiguo y dejarle el trabajo a los demás, nunca decir la verdad, salvo a mi gente más cercana. Si diga lo que diga, nunca se fían. Y por un milisegundo se me había ocurrido pensar que, si me negaba, irían a por Amy buscando confirmación. Y no podía mandarle a la prensa a menos de un día de conocerla.

Pero hoy la cosa estaba destinada a ir en caída libre porque entonces alguien comentó lo del nuevo *hashtag* en tendencia y en pantalla puedo ver, ahora, el buscador de Instagram deslizándose hacia arriba, mostrando las miles de publicaciones con aquella palabra clave. Yo solo había escuchado las preguntas de Jack y me había hecho el imbécil, pero no había visto lo que veo ahora.

Y luego, todo el rollo con su jefe, que es lo que nos ha llevado a ser *trending topic*, supongo que viene a confirmar aquello que no me molesté en negar. Porque parecemos tan íntimos y cercanos que hasta yo me asombro al mirar la grabación en *reels* y vídeos de IGTV. Incluso hay una versión sin cortes, y subtitulada a varios idiomas, ya subida a YouTube.

Es suficiente para que me quite los cascos, bloquee el móvil y respire hondo varias veces antes de llamar a Amy. Solo ruego que no me mande a pasear. Y vale, no sé qué me pasa con ella, pero no tengo la más mínima intención de combatirlo. Tan solo he querido sentirme normal por un momento, ella me lo ha dado sin pedir nada a cambio, y me ha gustado.

Me ha gustado demasiado.

—¿Amy? —titubeo al escuchar aquella voz desconocida.

—No. ¿Quién le habla? —me responde la mujer sin humor y cuando pronuncio mi nombre, resopla—. Ah, tú.

—Supongo. ¿Me pasas con Amy, por favor?

—Déjame pensarlo, porque ¿sabes qué? —Joder. ¿Puede ser más borde?—. Casi que me convencías con los numeritos de superhéroe defensor de las débiles doncellas, pero visto que estoy borrando insultos de las chaladas de tus fans desde hace horas en el... —Unos ruidos extraños cortan su discurso, que pasa a escucharse medio distorsionado, pero aún así, claro—: *Joder, Amy, ¿quién se lo va a decir, si no?*

—Damon. ¡Hola!

Su voz y el tono alegre que la caracteriza, me lanzan al séptimo cielo al instante. Es como si volviera a respirar sin la montaña que ha decidido echarse a dormir sobre mi pecho desde que la entrevista se fue por el retrete. Sonrío como un auténtico idiota y soy muy consciente de que Big

Tom también lo hace al escuchar la voz que me sale con el mismo tono idiota de la sonrisa.

—Hola a ti, bananas. ¿Qué haces?

Su risa luminosa logra que me relaje en mi lugar.

—¿Has visto ya cómo la hemos liado? —Estoy a punto de corregirla: la he liado yo. Pero antes de que pueda emitir palabra, continúa atropellada—. No puedes venir hoy a casa.

—¿Por qué?

—Porque si vienes, los periodistas no te dejarán pasar.

—¿Los periodistas? —Me siento un estúpido con demasiadas preguntas estúpidas, pero debí haberme imaginado lo que no quería imaginar—. Joder. Lo siento, Amy.

—No pasa nada. Ya se aburrirán. Espero —suspira.

—Así es. ¿Necesitas algo? Puedo hacértelo llegar con alguien.

—Vaya… Entonces hoy no nos veremos —su voz baja varios tonos y pego un bote.

—¿Qué dices? Puedes venir a mi casa.

—¿A tu casa?

—Claro. Si te apetece.

El silencio me pone algo incómodo. Qué coño me pasa, que me late el corazón y la expectativa por verla de nuevo me hace sudar como si tuviera catorce años.

—Me encantaría —murmura. Imagino que acaba de sonrojarse como si también tuviera esa edad.

—Entonces Big Tom irá a recogerte —digo, y mi chófer asiente con su habitual parsimonia—. ¿Te parece bien a las siete?

—Me parece perfecto.

—¿Traerás esas bragas chulas?

Otra vez su risa cristalina me sacude de punta a punta, como una corriente eléctrica, y río con ella.

—Todo el mundo conoce mi culo por esas bragas del demonio. Espero que esta noche me lo hagas olvidar.

—Te haré todo lo que me dejes hacer —sugiero y, ante su respuesta, mi sexo se despierta al instante.

—Entonces será todo.

No sé qué me pasa con esta mujer. Pero no se siente nada mal.

3

AMY

—No desaparecerá de la web por más veces que lo mires —dice Matt cuando reproduzco por enésima vez el vídeo de mis bragas de bananas—. Pareces Bridget Jones mirándose caer por el caño de bomberos, querida. Ven. Ven. Vamos a hacer algo más productivo.

—¿Hacer qué? Solo quiero morir.

—¿Morir? ¿Justo ahora? —pregunta Matt con los ojos muy abiertos y, aunque me hizo pararlo, vuelve a poner el vídeo y señala la abultada entrepierna de Damon a centímetros de las puñeteras bragas—. Mejor muérete montando esa tienda de campaña para ocho, amor mío. Hazlo por mí y por todos los hambrientos del mundo.

—Si me vuelve a llamar —lloriqueo y dejo caer la cabeza sobre la mesa.

No puedo creer que mi culo esté por todos lados. Y que también esté por todos lados la discusión de Damon con el idiota de mi ex jefe. Aunque eso está por verse. Hasta ahora nadie me ha llamado para ponerme de patitas en la calle. Pero algo me dice que lo más seguro es que, con todo este revuelo, Damon O'Connor se la piense mejor y desaparezca por donde ha venido. Y si ha visto mi culo como lo estoy viendo yo ahora, con más razón.

Quiero llorar. Y hacerlo bien fuerte.

—¿Y qué harás con el trabajo? —pregunta Liz, que sigue trasteando con mi móvil desde hace dos horas. Como siempre, preguntando cosas que no sé ni cómo responder. Pero Matt se posiciona, literalmente, entre ella y yo y abre los brazos.

—Ni hablar. Hoy no se habla más de trabajo. Hoy se festeja. Así que nos vamos de compras y nos traemos las mejores bragas del condado para cuando Sir Banana llame.

Sir Banana. Me hace reír, pero aun así lo sigo sin demasiado entusiasmo por los cinco metros de mi sala, dormitorio y oficina, hasta el recibidor, donde me acomoda un poco el cabello y me inspecciona de pies a cabeza. Menos mal que alguien lo hace, porque yo en este momento podría salir en bragas y ni siquiera sería consciente de ello.

Un remolino de gente, flashes y gritos nos recibe ni bien abrimos el portal de la calle y Matt tironea de mi camiseta para meternos dentro antes de cerrar la puerta y apoyarse en ella.

—Joder, Amy. ¿Y con esto qué coño se hace?

Yo solo puedo pestañear, paralizada. Jamás imaginé que la liaríamos tanto, pero tanto, que no podría salir de mi casa. Ahora entiendo a Liz con su reclamo ante el silencio de Damon. Supongo que solo él podría decirme qué hacer en estos casos, pero poco tiempo ha tenido antes de marcharse y tampoco imaginábamos que pasaría nada de todo esto.

Recuerdo la entrevista y pego un salto en el lugar. Joder. Me la he olvidado por completo y solo espero no habérmela perdido. Ni siquiera sé qué hora es. Ni qué día de qué puñetero año. Y ya no me atrevo a salir con toda esa gente allí afuera, porque ni siquiera tengo gafas enormes para camuflarme como hacen los famosos. Como si camuflaran algo, pero vamos.

—Mejor volvamos a casa —resoplo agobiada.

Pero cuando entramos en casa y caigo en la cuenta de que Liz está diciéndole alguna barbaridad a Damon por teléfono, me tiro sobre ella y se lo quito con el corazón en la boca.

—Joder, Amy, ¿quién se lo va a decir, si no?

No me importa nada. Lo único que quiero decirle a Damon O'Connor es que quiero verlo y olvidarme de todo. Con besos o polvos, me da igual.

—¿Todo? Mira que eres viciosa —sonríe Matt cuando corto la conversación. Damon me ha prometido el paraíso, por lo que me siento abochornada y el calor se concentra entre mis piernas como si no hubiera tenido sexo en cuatro años. ¿En qué me he convertido?

Contra todo pronóstico, Liz colabora en mi carrera contra el reloj. Me plancha el pelo mientras me pinto las uñas de los pies y, mientras pinto las de las manos, elabora un romántico peinado recogido que me hace parecer hasta sofisticada. A veces puede ser tan profesora de Historia, pero lo bueno es que soñaba con ser estilista y se desquita conmigo, que siempre soñé con tener una, a lo Kate Middleton.

Matt revuelve mi armario hasta que da con un vestido parecido al de ayer, pero gris perla. Es un poco más encorsetado y lo usé para el casamiento de una prima, por lo que me parece un poco demasiado para una cita. Pero Liz lo aprueba aplaudiendo —raro en ella—, así que, por las dudas, guardo silencio. Aunque de solo pensar en Damon bajando la cremallera de la espalda, me sacudo en mi lugar y me entrego. Además, tengo que reivindicarme luego de esas bragas tan poco serias.

Los tacones que hoy sí me animo a usar me hacen sentir más sexi y segura. Y cuando me miro al espejo, mientras Liz abrocha una fina gargantilla en mi nuca y Matt junta las manos diciendo «cómo nos ha crecido la Baby Spice», logro olvidarme de mi jefe, los insultos, el móvil y la vida colapsados, de los miedos y de la ansiedad por no volver a ver Damon O'Connor, y caigo en la cuenta de que, joder, estoy citada en su casa. Y voy dispuesta a darlo todo. Que sirva para algo el #damybananas, porque yo le sacaré todo el provecho que pueda.

4

AMY

Big Tom da mucho miedo pero, gracias a eso, los reporteros no logran acercarse cuando me lleva casi en el aire por los tres metros que nos separan de la parte trasera del coche. Es el mismo cochazo que me ha dejado anoche en este mismo lugar, salvo que ahora soy «famosa» —o mejor dicho: mi culo es famoso—, y estoy plenamente consciente de que viajo con el chófer de Damon O'Connor. Ayer parecía un simple mastodonte de seguridad y yo una simple *groupie*. Y, al igual que ayer, no emitimos una sola palabra, por lo que aprovecho y me pongo a leer los mensajes y los comentarios positivos que Liz dejó sin eliminar en el Instagram y los doscientos mensajes que se han acumulado en el grupo «Los esclavos de Thompson».

Nadie dice que me hayan despedido. Al contrario, especulan con que el jefe tendrá que promoverme al puesto que me corresponde y pagarme lo que merezco, previo pedido público de disculpa, o darme una enorme indemnización. Laila dice que su marido es especialista en casos como este y me deja su contacto, por si quiero demandar a Thompson. Pero en lo que menos quiero pensar ahora es en ese hombre y en mi situación laboral. Les agradezco por estar allí y nos reímos un buen rato mientras cada uno relata cómo vivió aquel momento tan bizarro.

Una hora más tarde, y por lo poco que se aprecia del otro lado de los cristales tintados, creo que estamos en plena *City*, y unos minutos después nos sumergimos en un estacionamiento en el que todo mi cuerpo comienza a temblar. No sé qué hacer, salvo eso, hasta que Big Tom abre la portezuela del coche y me bajo con las rodillas y los tobillos flojos. Estoy en el estacionamiento de Damon O'Connor. Qué momento histórico.

Sigo a Big Tom hasta un ascensor que nos lleva a la última planta y lo miro indecisa cuando la puerta se abre ante un palier enorme y con olor a lujo. Y al perfume caro de Damon. El mastodonte me anima con un gesto y doy un paso fuera del ascensor agradeciendo que la alfombra sea mullida, porque es muy probable que caiga desmayada. De nervios, ansiedad, surrealismo. O todo junto.

El grandote sale detrás de mí y apoya su enorme mano en una placa que hay en la pared. Una puerta se abre hacia lo desconocido y, cuando me giro para dar las gracias, o salir corriendo, Big Tom ya ha desaparecido dentro del ascensor.

Tomo aire y avanzo un paso con la sensación de que este momento es el más increíble de mi vida. Más que follarme a Damon O'Connor. O debería decir: *dejarme follar por él*, porque yo no he sido muy activa que digamos, y eso es algo que venía con ganas de solucionar. Pero acabo de olvidarme las ganas en el coche. Ahora solo quiero salir corriendo.

Sin embargo, avanzo otro paso tambaleante y llego a ver ante mí un ático de *superrico* que parece sacado de una revista, con unos ventanales que ocupan todas las paredes y por los que se ve el Puente de la Torre y toda Londres nocturna más allá. Joder. Me alivia haberme vestido para la ocasión, porque mis Converse y bragas de bananas no pegan con este lugar. Yo misma no pego para nada, siento en lo más profundo de mi pecho. Por más vestido de casamiento que me haya puesto y peinado elaborado por mi amiga perfecta. Ay, madre. No sé qué hago aquí, pero en este momento me gustaría estar en mi casa, envuelta en mi pijama y mirando *Los Bridgerton* por quinta vez.

No pego con todo esto, para nada, me repito nerviosa mientras dejo sobre una mesita el abrigo y el ridículo *clutch* que me hizo traer Liz cuando yo me hubiera traído todas mis pertenencias en una maleta. Menos mal que solo traje dos ridiculeces. Porque no tengo nada que ver con este lugar.

Entonces lo veo y todo comienza a pegar. Es como si con su presencia todo desapareciera y solo quedara yo, desnuda y parada ante él. Porque cuando me sonríe así dejo de temblar y solo puedo responderle con esta sonrisa que me arranca tan solo por existir.

Damon camina hacia mí con su brazo extendido, como si fuera un *déjà vu* de anoche, cuando vino directo a rescatarme de entre el público. Parece que ha pasado una vida entera desde eso. Si hasta luce tan distinto ahora… Viste una camisa negra con los primeros botones desabrochados y un pantalón que le queda pintado. Al parecer, también planea ir a una boda, pienso babeando ante tamaño muñequito de torta. Y cuando llega a mi lado y me rodea el talle con el brazo, yo me derrito como mantequilla contra su cuerpo caliente. Ya me puedo aflojar y entregar a lo que sea que tenga que pasar. Su olor es garantía de satisfacción, seguridad y calidad. Y cómo huele este hombre. Su ropa, su pelo, su cuello. Es lo más atractivo que olí en mi vida. Necesito conseguir su perfume para rociar mi casa con él.

No sé qué dice porque solo puedo atender a sus labios y a la textura de su cuerpo duro contra el mío, por lo que sonrío como idiota y me lanzo a su boca como si fuera la cena. Y yo solo he comido una tostada con aguacate.

Su gemido vibra en el interior de mi boca y sus manos se aferran a mi espalda como si así pudiera pegarme más a su cuerpo. Lo dudo, aunque me gustaría fundirme con él hasta desaparecer.

—La cena está lista —sonríe dentro del beso cuando frenamos para tomar aire y yo entro un poco en razones y asiento, jadeando—. ¿Tienes hambre?

—Tengo hambre de ti —largo. Falsa alarma: de razonamiento nada, porque ¿qué coño estoy diciendo?

Pero Damon no parece alarmarse por mis declaraciones trilladas y, por el contrario, entra en el juego mordiéndome el labio antes de follarme la boca con esa lengua que canta mis canciones favoritas y que hace otras cosas igual de maravillosas que me hacen cantar a mí.

Madredelamorhermoso. Cualquiera diría que no somos seres civilizados o que no tenemos modales, pero no me importa. Cuando entro en su campo magnético, todo deja de tener sentido humano y oscila entre lo divino y lo animal. Ya lo he comprobado.

Cinco veces.

Y he venido a por más antes de que se acabe lo que se daba. Porque imagino que un día se acabará.

—Espera, espera —murmura separándose de mí y sacude la cabeza con su sonrisa más sexi. O es que yo veo todo sexo, digo: sexi—. Déjame mirarte antes de que te deshaga de ese vestido tan bonito que llevas.

Su tono es grave y sexo, ¡sexi, joder! Y su mirada me abrasa mientras baja por mi cuerpo junto con las puntas de sus dedos que delinean mi contorno. Reconozco que este vestido me hace sentir un poco Marilyn porque afina mi cintura y amplía mis curvas que, en otro momento y con otro tipo de ropa, solo trato de ocultar. Pero a Damon parece gustarle lo que ve. Y eso es algo que no se molesta en esconder. Desliza las manos hacia mis glúteos para estrecharme de nuevo y se muerde el labio inferior mientras me sonríe sexo. Sí: sexo.

—¿Te he dicho ya lo mucho que me pones? —confirma.

—No —musito a dos segundos de que mis bragas se evaporen.

—Pues… Me pones mucho, Amy Williams.

Su miembro duro contra mi ombligo es prueba fehaciente de sus palabras, por lo que decido callar las voces tiranas de mi cabeza y creerle. Mientras dure.

«Mientras dure dura» canturrea Matt en mi cabeza y no puedo evitar sonreír mientras meto la mano entre nosotros y lo acaricio por encima del pantalón. Dioses del Olimpo, qué ganas le tengo. Sobrenaturales.

Damon enarca una ceja.

—¿Segura que no quieres cenar?

—¿Tú quieres cenar?

—Solo quiero ser un buen anfitrión.

—Lo estás siendo.

El aire se escapa entre sus labios cuando desabrocho su pantalón y hundo la mano en su interior.

—Joder —masculla y vuelve a morder mi labio antes de besarme con hambre. Un remolino de calor se forma entre mis piernas y estalla, empapándome al instante. Sé que estoy a punto y que ahora mi cerebro solo puede enfocarse en una sola cosa para sobrevivir: que Damon O'Connor se hunda en mí y me llene hasta el infinito. Y más allá.

Su cuerpo me impulsa a caminar hacia atrás mientras me come la boca y yo libero su sexo del pantalón. Choco contra un sillón y Damon me gira entre sus brazos hasta dejarme de espaldas a él. Toda Londres nocturna brilla ante mis ojos del otro lado de las paredes de cristal y me digo que esto es mejor que un puñetero sueño.

—Siempre me pregunté cómo sería hacer el amor de cara a la ciudad —murmura en mi oído y, aunque no le creo que no lo haya hecho ya, lo mismo mi cuerpo reacciona complacido y toda mi piel se eriza.

—Y ahora me lo pregunto yo —respondo algo mareada. Tengo que aferrarme al respaldo del sillón para no sacudirme tanto bajo los besos que va dejando por mi cuello y mi espalda mientras baja la cremallera del vestido, tan lentamente, que voy a morir de ansiedad.

El vestido cae al suelo y veo por encima del hombro cómo me observa mientras desliza las yemas de sus dedos por la piel desnuda de mi espalda. No tengo sostén. Y mis bragas son las mejores que tengo, aunque no me molestaría perderlas si las destrozara a zarpazos, todo hay que decirlo.

Pero Damon ha bajado diez mil revoluciones y ahora parece querer degustar todo a cámara lenta, lo que me llena de expectativas y a la vez intensifica el placer que me provoca todo lo que hace: su tacto suave, la manera en la que me muerde el hombro mientras se quita la camisa, sus dedos deslizándose por mis costillas hasta cubrir mis pechos, el interior de sus labios recorriendo mi nuca despejada y su sexo desnudo, suave y caliente contra mi espalda.

Alzo un brazo hacia atrás para enterrar los dedos en su pelo y él se inclina para llenar mi boca con su lengua mientras baja mis bragas y su mano se pierde entre mis piernas. Gruñimos, nos mordemos, tiro de su pelo y él desliza su miembro duro por mi trasero. No sé si espera hacerlo por ahí, pero sé que a esta altura no me importaría. Lo peor que le ha pasado a este culo ha sido ser *trending topic*. Que Damon O'Connor lo honre con su presencia es lo mejor que le puede pasar.

—Tienes el culo más bonito de todo Londres y lo sabes, ¿no?

Niego con la cabeza prendida fuego. Ya no puedo ni pensar. Necesito que se hunda en mí. Ya. Pero él se aparta, como si me castigara.

—Créelo, Amy —ordena en mi oído mientras me estimula el clítoris con una mano y con la otra roza suavemente mis pezones erectos. Jadeo. Ya sabe muy bien cómo me gusta y eso hace que me guste más—. Es la pura verdad.

Asiento descerebrada. En este momento, si él me lo dijese, podría creerme hasta que existe vida en la Luna que se ve por los cristales. Lo que fuera. Por lo que arqueo mi cuerpo y pego el culo más bonito de Londres contra su entrepierna, que encuentra el camino directo a mi sexo y se hunde en él como aquella primera vez: sin dudarlo, sin contemplaciones, en un golpe seco que nos deja inmóviles, sin aire y acostumbrándonos al cuerpo del otro mientras palpitamos de placer.

—Joder, Amy —masculla en mi oído, rodeándome los hombros con un brazo y la cintura con el otro.

El peso de su torso me obliga a inclinarme hacia adelante y me aferro al sillón cuando recibo una nueva embestida que me deja viendo chispas de colores entre Londres nocturna y yo.

Jamás me gustó esta postura. Paul me hacía sentir una cualquiera y aprovechaba para dominarme, pasar de mí y correrse solo. Pero en este momento me parece lo más erótico y placentero que experimenté hasta ahora. El ángulo me llena por completo y el abrazo de Damon que me sostiene con firmeza me da una sensación de libertad interna tan enorme que alucino. Es como si mi cuerpo estuviese tan inmovilizado que mi interior pudiera saltar y disfrutar a sus anchas, expandirse y liberarse; como pegar gritos debajo del agua o como llorar el alma contra la almohada. Hay una fuerza en esas acciones que no sacaríamos si no pudiéramos amortiguarlas.

Y Damon O'Connor es mi agua, mi almohada, el abrazo al que me aferro mientras mi cuerpo recibe sus acometidas intensas, enormes, deliciosas. Su perfume me envuelve como una nube que me deja ebria y el ondular de su cuerpo que me invade sin freno pero sin prisa, dispara rayos de placer que golpean todos mis sentidos.

Hasta que los pierdo. Grito su nombre para que no pare, sigo su ritmo cada vez más violento sintiendo que este hombre saca lo mejor de mí al darme lo mejor de sí. Y cuando nos sacudimos, explotando en los millones de partículas luminosas que conforman nuestro orgasmo compartido, siento que ahora flotamos sobre Londres.

—¿Ha respondido eso a tu pregunta? —susurro cuando recupero el aire.

—¿Qué pregunta?

—De cómo es hacer el amor mirando a Londres —reformulo y siento su carcajada y la frente sudada contra mi hombro.

—Tendremos que repetirlo, bananas. Solo he podido mirar una cosa —declara y deposita un suave beso en mi cuello.

—¿Qué cosa?

—A ti. Y me has dejado completamente encandilado —masculla y solo puedo sonreír.

No sé si me miente. Pero yo le creería ya hasta lo de los habitantes lunares. Y no veo por qué no. Si me hace muy pero muy feliz y eso es lo único que importa.

★★★

CONTINUARÁ…

Nota de la autora

¿Me ayudas?

Si te ha gustado la historia me ayudaría mucho tu reseña o valoración para poder llegar a más personas que puedan disfrutar al leer esta serie.

Una valoración o comentario en Amazon o Goodreads es la mejor manera de ayudarme para que pueda seguir escribiendo ★

También puedes compartir y etiquetarme como @avadawnescritora en Instagram y así nos conoceremos ☺ ¡Gracias por leer y por el apoyo!

Cariños,

Ava Dawn ♥

Serie Mi ídolo

Cada semana podrás leer un nuevo episodio en la historia de Amy y Damon. Por el momento serán seis, pero no descarto que sean más… Así que sígueme en Instagram para ir conociendo sus detalles ¡y no perderte ninguno!

TÍTULOS DISPONIBLES DE LA SERIE

PARTE 1 – ¿Quieres tocarme?
PARTE 2 – Toco y me voy
PARTE 3 – Si me tocas

Escucha las canciones de la Serie Mi ídolo escaneando este código con tu Spotify o TOCANDO AQUÍ

#damybananas
♥